roman rouge

Dominique et Compagnie

Nancy Montour

Entre la lune
et le soleil

Illustrations
Stéphane Jorisch

**Données de catalogage
avant publication (Canada)**

Montour, Nancy
Entre la lune et le soleil
(Roman rouge)
Pour enfants de 6 ans et plus

ISBN 2-89512-282-2

I. Jorisch, Stéphane. II. Titre.

PS8576.O528E57 2003 jC843'.54 C2002-941042-8
PS9576.O528E57 2003
PZ23.M66En 2003

© Les éditions Héritage inc. 2003
Tous droits réservés
Dépôts légaux : 1er trimestre 2003
Bibliothèque nationale du Québec
Bibliothèque nationale du Canada
Bibliothèque nationale de France

ISBN 2-89512-282-2
Imprimé au Canada

10 9 8 7 6 5 4 3 2

Direction de la collection :
Yvon Brochu, R-D création enr.
Éditrice : Dominique Payette
Direction artistique et
graphisme : Primeau & Barey
Révision-correction :
Martine Latulippe

Dominique et compagnie
300, rue Arran
Saint-Lambert (Québec) J4R 1K5
Téléphone : (514) 875-0327
Télécopieur : (450) 672-5448
Courriel :
dominiqueetcie@editionsheritage.com
Site Internet :
www.dominiqueetcompagnie.com

Nous remercions le Conseil des
Arts du Canada de l'aide accordée
à notre programme de publication,
ainsi que la SODEC et le ministère
du Patrimoine canadien.

Gouvernement du Québec –
Programme de crédit d'impôt pour
l'édition de livres – SODEC

*À tous ceux et celles
qui ont le courage
de rêver*

Chapitre 1

Un rêve impossible

J'ai un rêve. Un rêve impossible qui gonfle mon cœur de larmes. Je rêve d'aller dans une école comme les autres enfants. C'est un rêve impossible, car nous, les enfants du cirque, nous voyageons dans presque tous les pays du monde. Et le monde est grand. Nous ne restons que quelques semaines au même endroit, dans la même ville. Nos parents sont des artistes. Avec leurs costumes, leur musique, leurs acrobaties, ils inventent des rêves.

Mon père est trapéziste. Le plus grand et le plus fort de tous les trapézistes. Quant à ma mère, elle est couturière et confectionne de magnifiques costumes.

Un instituteur nous fait la classe. Il voyage avec nous. Mais dans une école, c'est sûrement différent !

Il y a beaucoup plus d'enfants. Beaucoup plus d'amis, aussi. Et moi, je ferais tout pour avoir beaucoup d'amis.

Alors, pour que je retrouve mon sourire, Octave m'a dit : « Lorina, si ton rêve est trop petit, tu resteras petite comme lui ! Va, raconte à tes parents le rêve de Lorina... »

Ce jour-là, Octave m'a donné du courage pour que mon rêve se réalise. Beaucoup de courage.

Chapitre 2

La reine des abeilles

C'est le plus beau matin du monde. Même le ciel tout bleu me le dit. Pour la première fois, j'attends l'autobus comme les autres enfants. J'irai à l'école comme les autres enfants. J'ai un peu froid au bout des doigts, mais j'ai le cœur tout chaud. Et j'ai du soleil dans les yeux !

Octave me l'a dit. Il me surveille par la fenêtre de sa roulotte. Octave n'est pas un clown comme

les autres ; il est mon ami. Personne
ne l'a jamais vu sans son grimage.
Il raconte qu'avant de travailler
au cirque, il habitait sur une étoile.
Mais ce n'est qu'une histoire...
Une belle histoire.

Plusieurs enfants sont déjà dans l'autobus. Toute fière, je grimpe les marches et je vais m'asseoir sur le premier banc libre : le quatrième à droite. Je suis contente, mais mon cœur ne cesse de faire des pirouettes, comme mon père sur son trapèze. Je ne connais personne. Plein d'yeux curieux sont fixés sur moi. Et tout le monde me regarde si étrangement…

Je comprends enfin le regard des autres enfants lorsqu'une jeune fille monte dans l'autobus, deux arrêts plus loin.

— Salut, Éma, lui dit un garçon.

— Salut, Éma, lui lancent aussi deux filles.

Mais Éma ne leur répond pas. Elle se dirige droit vers moi, des flammes de dragon dans les yeux, et déclare en pesant bien chacun de ses mots :

– C'est MA place…

Comme je ne sais vraiment pas quoi faire ni quoi dire, je regarde par la fenêtre. Elle me demande alors bien fort :

– Tu es la nouvelle, n'est-ce pas ?

L'autobus entier semble écouter. Et ma petite réponse reste cachée au fond de ma gorge… Je murmure enfin :

– Oui.

– C'est toi, la fille du cirque ?

Devant mon air surpris, elle
éclate de rire. Elle poursuit :

— Je m'appelle Éma. Je suis la
reine des abeilles. Ce qui veut
dire que c'est MOI, la chef, tu
comprends ?

Je comprends que l'école ressemble à une ruche et que, pour avoir des amis, il faut avant tout plaire à la reine.

Éma me suit constamment. Nous ne sommes pas dans la même classe, mais ses sentinelles me

surveillent. Au dîner, à la récréa-
tion, elle est partout. Un garçon
transporte toujours son sac et j'ai
même vu une fille lacer ses souliers !

Tous les enfants de l'école me
sourient. Tous les élèves me sa-
luent. J'ai beaucoup d'amis, grâce
à Éma. Je suis très contente de voir
la reine voltiger autour de moi.

Chapitre 3

La tempête

Quelques jours plus tard, tout change brusquement, comme un ciel d'orage.

À la sortie de l'école, tout le monde se précipite vers la porte. J'espère qu'il n'y a pas de bagarre. Je glisse mon sac sur mon dos et je sors aussitôt. J'entends alors Éma qui gronde plus fort que le tonnerre : « Je suis la chef et quand je te dis de m'apporter une boîte de biscuits, TU me l'apportes !

Est-ce que tu as bien compris ? »
Appuyée contre le mur, une petite
fille, humiliée, ridiculisée, pleure
toute seule sans que personne ne
vienne la consoler. Même moi, un
peu honteuse, je n'ose pas. Je
perdrais vite tous mes amis. Je
m'éloigne sans bruit. Mais Éma
n'a pas fini. Elle me rattrape en
bousculant ceux qui se trouvent
sur son chemin. Elle saisit mon

bras et m'entraîne vers l'autobus en
lançant :

– Viens, Lorina ! J'ai bien envie
de visiter un cirque…

Tout le monde me regarde, alors
je ne dis rien. Je ne lui dis pas que
je n'ai pas le droit d'admettre des
visiteurs. Que les coulisses sont
interdites au public. Je ne sais plus

quoi faire. Peut-être qu'Octave
trouvera une solution ; il en cache
toujours sous son chapeau.

Je réussis à faire patienter Éma à
l'extérieur du chapiteau un instant.
Le temps de trouver Octave, qui
sort justement de sa loge. Il passe
près de moi en feignant de ne pas

me connaître. C'est son jeu préféré. Il fait toujours cela. Son regard doux s'accroche au mien. Il ne me quitte plus des yeux. Au dernier moment, il m'emboîte le pas, il marche dans mon ombre, il habite mon cœur. Puis, il me hisse sur ses épaules et je touche presque au ciel !

– Lorina ? Lorina ? crie-t-il d'une voix inquiète.

–Je suis là-haut, Octave. J'ai attrapé une étoile juste pour toi !

–C'est vrai ? Montre-moi…

Il me pose avec délicatesse devant lui et fait toutes sortes d'acrobaties pour placer son visage très près du mien. Il dit qu'il sait lire dans les yeux des enfants.

–Tu as menti, Lorina ! Il n'y a pas d'étoiles dans tes yeux aujourd'hui. Qu'est-ce qui se passe ?

—Mon amie Éma attend à l'entrée du chapiteau. Elle s'est invitée et je n'ai pas eu le courage de lui dire non. Si je le fais, plus personne ne me parlera à l'école.

—Qu'est-ce que tu racontes, mon petit? On peut tout dire à un ami, surtout la vérité. Parce qu'un ami voyage toujours sur la même planète que nous.

– Octave, tu ne peux pas comprendre. Ce n'est pas comme ça dans la vraie vie… Et je ne veux pas perdre mes amis.

Octave me regarde gravement. Il n'est pas d'accord, mais il n'ajoute rien. Il continue son chemin en feignant d'avancer péniblement dans la tempête.

– Je vais voir ce que je peux faire pour toi.

Chapitre 4

Un petit souvenir

Éma est très impressionnée par toutes les chaussures d'Octave. Surtout les grosses chaussures jaunes avec des trous au bout.

– Tu ne dois toucher à rien. Nous ne devrions même pas être ici.

– Tu as vu tout ce maquillage ! Et ces nez ! Et ces chapeaux ! Pourquoi a-t-il autant de costumes, ton ami clown ?

– Parce qu'il est le clown de reprise. C'est lui qui meuble les

intermèdes. Il fait plusieurs nu-
méros.

Éma soulève alors le tissu à pois
qui recouvre une cage.

– Qu'est-ce que c'est, Lorina ?

– Je te présente la souris Nuage.
Le seul animal du cirque. À un
moment du spectacle, Octave
s'avance timidement au centre de
la piste circulaire…

J'oublie tout à coup Éma et je me mets à imiter mon grand ami Octave, tout en continuant de parler.

– Il enlève son chapeau. Il remue ses grosses chaussures jaunes trouées pour que tout le monde les remarque bien. Puis il soupire et annonce tristement : « J'ai perdu ma souris. Si quelqu'un la voit, voudriez-vous bien lever la main très, très haut, comme ça ? » Il lève

sa main si haut qu'il perd l'équilibre et tombe sur le côté. « N'ayez pas peur, ce n'est qu'une toute petite souris. Mais il est vrai qu'elle a une fâcheuse manie : elle aime grignoter les souliers. » Tout le monde rit et remue les pieds. Les spectateurs espèrent tous que c'est une blague ; car on ne sait jamais,

avec les clowns… Alors Nuage
sort de la chaussure d'Octave et se
sauve en courant. Octave plonge
et l'attrape avec son chapeau,
mais son chapeau aussi est troué
et…

– Très drôle, m'interrompt froi-
dement Éma.

Je cesse aussitôt d'imiter le numéro d'Octave.

Un sentiment étrange s'installe dans mon cœur. Je commence à avoir un peu peur.

—Viens, Éma, sortons d'ici.

Mais elle n'écoute pas. Elle fouille dans la boîte à balles et en prend une qui se transforme aussitôt en fleur.

—Éma, tu ne dois toucher à rien ! Ce sont des balles pour jongler. Viens, allons-nous-en.

– Lorina, je n'ai pas l'intention de partir d'ici sans un petit souvenir.

– QUOI ? ! Tu plaisantes, j'espère ! Octave a besoin de toutes ces choses. Ce n'est pas une boutique, ici.

– On dirait que tu ne comprends pas, Lorina. JE suis la chef et JE décide.

Mon cœur bascule. Il est tout mélangé. Je veux tellement avoir des amis que je ne dis rien. Même lorsque Éma met un gros nez rouge dans sa poche, je reste muette.

Mais la voix sévère de mon père s'élève derrière moi.

– Remettez ce nez à sa place, jeune fille.

Éma s'empresse d'obéir.

– Lorina, tu peux m'expliquer ce que tu fais ici ? Ta mère te cherche partout.

Mon père n'est pas content. Il a horreur des tricheries et j'ai triché. J'avais promis de me rendre auprès des autres enfants du cirque tout de suite après l'école.

Heureusement pour moi, Octave arrive. Il échange quelques paroles avec mon père dans cette

autre langue qui est la sienne.
J'attends. Mon cœur est si froid
que même le temps s'y fige. Mon
père observe longuement Éma.
Puis son regard se pose sur moi,
comme une neige douce, mais
froide.

  —Lorina, raccompagne ton amie
à la sortie et rejoins ta mère qui
t'attend.

  Mon père retourne à ses exer-
cices au trapèze. Octave, sans

dire un mot, cueille une fleur à son chapeau. Il l'offre, avec une révérence, à la reine, mon amie.

Cette nuit-là, je n'arrive pas à dormir. Mon rêve le plus beau s'est transformé en cauchemar.

Chapitre 5

Un même ciel

Cet après-midi, Éma m'attend à la sortie de l'école.

—J'ai bien réfléchi et j'ai décidé que, si tu veux rester mon amie, tu dois me donner une des paires de chaussures du clown. Tu as jusqu'à demain. Sinon plus personne ne t'adressera la parole.

Voilà tout ce que je suis pour Éma : une boîte. Une petite boîte de rien du tout. Une boîte de chaussures de clown. Je voudrais disparaître. Je suis plus triste que jamais. Je me dépêche de monter dans l'autobus, mais c'est dans une fusée que je voudrais m'envoler.

Dès que je suis descendue de l'autobus, j'aperçois Octave. Il joue avec son ballon imaginaire. Il étudie le monde à sa manière. Je me sens incapable d'aller tout lui raconter. Je me dirige lentement vers le chapiteau. À ce moment, la voix douce d'Octave s'élève tout près de moi et me retient. Il connaît si bien le cœur des enfants… Il me tend la main. Il m'entraîne plus loin et me dit :

—Lorina, parle-moi. Parle-moi de l'amitié.

Je n'ose pas. Je ne sais plus.

—Lorina, réponds-moi. Combien d'enfants vont dans ton école ?

Je le regarde, étonnée de cette question.

– Je ne sais pas, plusieurs centaines…

– Lorina, tu crois que ton amie peut vraiment décider pour plusieurs centaines d'autres enfants ?

À vrai dire, je l'ignore. Mais en réfléchissant, je constate que la reine n'a en fait que quelques abeilles dans sa ruche.

Octave se couche sur l'herbe.
Il me dit :

– Regarde le ciel. Ce n'est pas
parce que le soleil nous éblouit
que la lune n'existe plus.

Je l'imite. Couchée sur l'herbe,
je regarde le ciel. Mes larmes
arrosent la terre.

– Octave, je ne comprends
pas…

– Ton amie est comme un soleil :
tout te semble brillant autour d'elle.

Tu crois avoir beaucoup d'amis, mais ce n'est qu'un mirage. Il y a la lune aussi, mais tu ne la vois pas, car elle se cache toujours lorsque le soleil paraît. Entre la lune et le soleil, tu trouveras des amis et vous habiterez un même ciel. Je te le promets, mon petit.

Octave avait raison. J'ai eu des amis dans cette école. Des amis qui m'écrivent encore aujourd'hui,

des années plus tard, pour inven-
ter avec moi une belle histoire.
Une histoire qui était cachée entre
la lune et le soleil. Une histoire
d'amitié belle comme celle dont
j'avais rêvé.

Dans la même collection

Achevé d'imprimer en janvier 2006
sur les presses de Imprimerie L'Empreinte inc.
à Saint-Laurent (Québec) - 64616